Le Songe de la France,

OU

LOUIS XVIII ET CHARLES X.

PAR M. P. A. LANSON,
ANCIEN DIRECTEUR EN CHEF DE L'HABILLEMENT.

La justice des Rois fait la vertu des peuples !..

A PARIS,
CHEZ DELAUNAY, LIBRAIRE,
PALAIS-ROYAL, GALERIES DE BOIS.

1825.

de la France.

IMPRIMERIE DE FIRMIN DIDOT, RUE JACOB, N° 24.

de la France,

OU

LOUIS XVIII ET CHARLES X.

PAR M. P. A. LANSON,

ANCIEN DIRECTEUR EN CHEF DE L'HABILLEMENT.

La justice des Rois fait la vertu des peuples !..

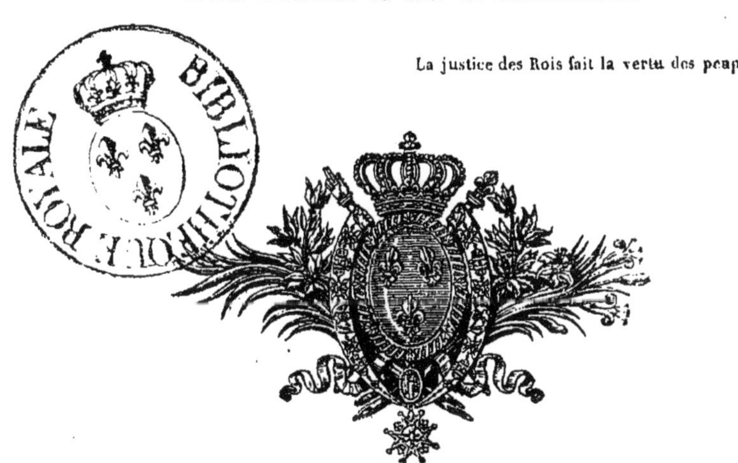

A PARIS,

CHEZ DELAUNAY, LIBRAIRE,

PALAIS-ROYAL, GALERIES DE BOIS.

1825.

Charles ! ma Muse vierge, aux rayons de ta gloire,
Voyant fuir tour à tour nos maux et nos douleurs,
Dans les cœurs réunis, ta plus belle victoire,
Et devant ta bonté s'arrêter nos malheurs,
T'a consacré ses chants et les lègue à l'histoire !....
. . . Au nom de tous les coeurs !....

Par son très-humble, très-respectueux,
et très-fidèle sujet,

Lanson.

Paris, Imp. Litho. d'A. Mazaire, place du Chatelet.

DERNIERS INSTANTS DE SA MAJESTE LOUIS XVIII

LE SONGE

DE LA FRANCE.

Derniers moments de Sa Majesté LOUIS XVIII; sa mort; les regrets qu'on lui donne.

Auprès d'un lit de pourpre où siégeait la douleur,
La France, l'œil humide et respirant la crainte,
De son Roi dans les maux admirait le grand cœur,
Partageait la souffrance, et retenant sa plainte
Présageait son malheur!

Pour lui toujours debout et veillant en silence,
De fatigue épuisée, inquiète, aux abois,
Elle fuit le présent, dans l'avenir s'élance;
Déja recule émue à sa triste apparence,
Et s'assied et s'endort en tremblant pour ses droits;
Mais dans un songe heureux elle voit l'Espérance
Au conseil de ses Rois!

Bientôt ravie au sein de la gloire éternelle,
Près de ces Rois si chers à l'immortalité,

Elle arrive à l'instant que tous en leur saint zèle,
Pour Louis du Destin invoquent la bonté;
Mais il a prononcé la sentence cruelle!.....

. . . .

Mais son ordre fatal est le secret des Cieux!.....
Ces élus l'ignoraient..... Qui se trahit lui-même?
Le Destin en voyant ces illustres aïeux
Regretter dans Louis l'honneur du diadême!.....
Leurs soupirs et leur plainte annoncent le malheur!
Ce n'est pas des mortels la flatteuse imposture,
Et leurs fronts glorieux, aux cris de la nature,
Attestent leur douleur!.....

Ainsi donc s'alarmait l'auguste aréopage,
Alors que tout-à-coup, sur des ailes de feu,
Et se montre et descend du plus sombre nuage
La brillante Espérance à tous chère en tout lieu;
A l'aspect imposant de tant de Rois illustres,
On la voit s'incliner majestueusement
Et respecter ainsi, dans ce triste moment,
L'honneur de tant de lustres!.....

D'un dévouement passé soudain renaît le cours :
Sans hésiter alors, n'écoutant que son zèle,
Aux élus de la gloire elle tient ce discours :

« Ah ! loin de plaindre ici des princes le modèle,
« Des graces du Très-Haut bénissez le concours ;
« Les regrets superflus sont indignes du sage !
« La France avant Louis réclamait votre amour :
« Un peuple est de tout temps, les rois sont de passage !..
« Par leurs seules vertus ils vivent plus d'un jour !.....
« Pourquoi ces vains soupirs ? bienfaiteurs de la France !
« Vous héros, dont le bras de la mort tant de fois
« A détourné la faux et trompé l'assurance !
« Vous, sages illustrés par de plus doux exploits,
« Rappelez à l'instant votre antique courage !
« Au nom de l'Éternel parcourant l'univers,
« Du passé, du présent, je connais de tout âge
« Les plaisirs et les maux et les besoins divers,
« Quand l'avenir encor m'est d'un heureux présage :
« Depuis l'humble réduit jusqu'au palais des Rois,
« J'offre à tous du bonheur la brillante apparence ;
« Et tout dans l'univers obéit à ma voix,
Car je suis l'Espérance !..... »

A ce nom qui plaît tant et soutient le malheur,
Dans le cœur imprimé, redit par chaque bouche,
S'élève un doux murmure, et son bruit enchanteur
Interrompt l'Espérance, et la flatte et la touche ;
Mais le calme renaît : l'heureuse messagère

Dont la voix sait fléchir et sait charmer les maux,
Souriant aux douceurs d'un silence prospère,
Continue en ces mots :

« A votre accueil flatteur j'avais droit de m'attendre,
« Lorsque j'ai tant de fois adouci vos malheurs.
« Pour servir mes projets soyez prêts à m'entendre ;
« Je veux aussi par vous essuyer bien des pleurs !..
« L'Éternel sur son trône, au milieu de sa gloire,
« De la France à genoux a reçu les soupirs,
« Et ses cris de douleur, que redira l'histoire,
« Sont montés jusqu'au Ciel ainsi que ses désirs !...
« Par un effort divin de sa bonté suprême,
« Réformant pour Louis un ordre du destin,
« Le souverain des Rois a prononcé lui-même
« Ce décret précurseur d'un plus heureux dessein.
« Avant que le soleil dix fois au sein de l'onde
« Ait caché sa lumière et rallumé ses feux,
« Telle est ma volonté : que du livre du monde
« Son nom rayé, Louis rejoigne ses aïeux ;...
« Mais pour perpétuer ses vertus, sa mémoire,
« Pour consoler la France, au séjour éternel
« Qu'il vienne partager un rayon de ma gloire,
« Et qu'il soit immortel !.....

«O toi que je chéris et dont la confiance
«De ma miséricorde appelle les bienfaits,
«A la France en ses vœux, dans son impatience,
«Va, pars de ma bonté redire les effets:
«Mesurant d'un seul vol et la terre et les cieux,
«Reviens en ce séjour de douce rêverie,
«Où respirent en paix tous les Rois glorieux,
«Bienfaiteurs des humains, pères de leur patrie;
«Réunis aussitôt en ce divin séjour
«Les aïeux de Louis, l'orgueil du diadême;
«Que chacun d'eux entende et bénisse en ce jour
«L'ordre du Roi des Rois, l'ordre qu'en son amour
«Il a dicté lui-même!.....»

«Admirant le Très-Haut en ses moindres desseins,
«Et de ses volontés la fidèle interprète,
«Je viens vous apporter ses ordres souverains:
«A célébrer Louis que tout ici s'apprête,
«La vertu dans son culte offre des jours sereins!
«Est-il un cœur français où Louis n'ait un temple?...
«Proclamez-le d'avance au nom de l'Éternel,
«Aux Rois de l'univers offrez-le pour exemple;
«A compter de ce jour qu'il ait rang d'immortel!...
«Ce premier vœu rempli, couronnez votre ouvrage:
«Charles, de droit divin consacré par les Cieux,

«De son auguste frère a le trône en partage;
«Charmez pour lui la gloire acquise à ses aïeux;
«Et que, doté par vous, les Français de tout âge
«Reconnaissent bientôt, par ce charme éblouis,
«Dans les vertus de tous le brillant apanage
Du successeur de l'auguste Louis!...

Le plaisir naît toujours où sourit l'espérance!
A sa voix les élus font taire leur douleur.
Un sentiment plus cher, en sa douce apparence,
De la France leur fait présager le bonheur.
Saint Louis aussitôt écarte le silence,
A l'auguste assemblée il s'adresse en ces mots:
«Il n'est pas de vrai bien que le trône balance,
«La vertu seule honore et fait le vrai héros!
«De la patrie en pleurs l'Espérance attendrie
«Vous a redit les maux, la prière et les vœux.
«Grands Rois, en cet instant où la France vous prie,
«Que Louis immortel prenne rang dans les cieux
Au nom de la patrie!...

Le saint lieu retentit du nom de ce grand Roi!...
O vive émotion! ô plus vive allégresse,
Qui, même en ses accens, n'annonce rien en soi
De terrestre ou d'humain, mais une sainte ivresse!

Saint Louis, profitant de ce pieux transport,
Redit le dernier vœu de l'aimable Espérance;
De la France en alarme il plaint le triste sort,
Et veut de son bonheur obtenir l'assurance;
Mais à peine il a dit, qu'autour de lui rangé,
Dans son zèle éclatant l'auguste aréopage
De ce fils de Henri, par l'amour engagé,
Compose ainsi, bientôt, le brillant apanage.
Déja Pepin-le-Bref, premier oint du Seigneur,
Ce chef des Rois sacrés, lui donne la prudence;
Clovis, la foi chrétienne acquise au champ d'honneur;
Plus d'un héros fameux, la valeur, la clémence.
Déja de ta justice, en son cours plus qu'humain,
Tu vas, divin Louis, au fils de ta tendresse,
Céder en soupirant la balance et la main;
Lorsque de Charles-Cinq il reçoit la sagesse:
Tel autrefois Titus chez le peuple romain.
Charlemagne et Capet, en leur plus noble audace,
De la gloire et du trône indiquent le chemin,
Que l'un d'eux sut frayer à son illustre race.
De tout amour encore et jaloux et vainqueurs,
Louis-Douze et Henri, héros de tous les âges,
Lui lèguent la bonté, trésor cher aux vrais sages,
Comme la clef des cœurs !...

La digne messagère à l'heureuse influence
Sourit à ces élus, applaudit au bienfait,
Et pour entretenir leur juste confiance,
D'une faveur dernière elle annonce l'effet :
« Attentifs à ma voix, dit-elle, plus d'alarmes !...
« Écoutez-moi, héros, pour la dernière fois :
« Qui succède à Louis doit avoir mille charmes ;
« Et de Charles la dot est digne de grands Rois.
« Avant de vous quitter, apprenez par moi-même
« Que, pour consolider ses droits et son bonheur,
« Ce Prince, avant dix mois ceignant le diadême,
« Sera pour les Français l'oint chéri du Seigneur !...
Ainsi que l'arc-en-ciel commandant à l'orage
Par ses mille couleurs à l'aspect éclatant,
Tel bientôt elle fuit sur un léger nuage
Et s'éclipse à l'instant !...

La France, objet des vœux de l'aimable Espérance,
Suivait ses mouvements, mais de loin, à l'écart ;
Et toujours inquiète écoutait en silence,
Évitant avec soin jusqu'au plus saint regard.
Sa vive attente, hélas ! augmentait son malheur,
Lorsque soudain le calme, en son ame étonnée,
Rappelle l'assurance et fait fuir la douleur ;
C'est alors qu'elle apprend sa haute destinée !...

. . . .

Ce grand œuvre accompli, des chants mélodieux
Au loin se font entendre en signe de victoire;
Au son le plus touchant de luths harmonieux,
Chacun est dans l'extase et d'amour et de gloire!...
Dans ce concert céleste où tout est grand, divin,
On célèbre ce jour et plus d'une merveille,
Quand cherchant à tout voir, et l'essayant en vain,
La France se réveille!...

Trop orgueilleux mortels, ah! quel est votre sort?.....
Sous la pourpre ou la bure, en la plus douce ivresse
Comme au sein du malheur, qui vous attend?... la mort!..
Seul, le sage à sa vue est exempt de faiblesse!
Titus la méprisait en son avidité;
Socrate, dont le sein renferme la ciguë,
Sourit en combattant pour l'immortalité,
Et meurt sans accuser une douleur aiguë!...
Tel aperçoit son Roi la France à son réveil!
Toujours grand dans les maux...il se tait, il soupire!...
Luttant contre la mort ou son dernier sommeil,
Oui, la mort s'en étonne... et la France l'admire!...
Mais au souvenir cher d'un songe trop heureux
Et du décret divin de la bonté céleste,

Elle abjure à l'instant un passé rigoureux;
Contemple dans le calme un présent douloureux,
Quand l'avenir lui reste!...

Ainsi, pendant neuf jours de pénibles combats,
Au sein de tant de maux qu'accusait l'apparence,
La France pour Louis conjurait le trépas,
Attentive à la voix de l'heureuse Espérance;
Telle une tendre épouse, en perdant son époux,
Gémit, se tait, soupire et combat sa tristesse,
Pense aux fruits les plus chers de l'hymen le plus doux,
Confond dans ses enfants sa vie et sa tendresse!...

. . . .

O caprice du sort! Lorsque pour la douleur
Le temps couvre sa marche et la rend plus cruelle,
Pourquoi faut-il, hélas! qu'en un double malheur,
Pour en doubler le poids, il fuie à tire-d'aile!...
Plus la victime est chère et digne de regrets,
Plus illustre est son rang, plus la Parque est avide
Et le Destin jaloux de ses sanglants décrets!...
Qui, d'un air menaçant, au teint pâle et livide,
S'approche de Louis... l'appelle?... Est-ce toi?...mort!...
Quelle heure as-tu sonnée?... est-ce déja la sienne?...
Lui demande la France en accusant le sort!
Oui, répond la cruelle... et toute heure est la mienne!...

Mais à ces mots la France et s'alarme et faiblit;
La crainte du malheur rappelle sa détresse.
Quel mortel à sa vue est ferme et ne pâlit,
Ou de l'humanité n'accuse la faiblesse?...
Bientôt, rompant le fil de jours si précieux,
La mort ouvre à Louis les portes éternelles,
Et sa grande ame alors s'élance vers les cieux,
Au rang des ames immortelles!...

Quand du trône au cercueil un souffle vous conduit,
Rois! qui peut envier le poids du diadême?.....
Son éclat, je le sais, est l'ombre qui séduit,
Alors que du bonheur il fait fuir l'ombre même!

. . . .

Pour le vice brillant est-il un souvenir?
Non: il meurt à jamais, tandis que le génie
Ainsi que la vertu commande à l'avenir.
Vils esclaves de l'or, et que l'honneur renie,
Sachez que pour bien vivre il faut savoir mourir!

. . . .

La poussière d'un grand n'ennoblit pas la terre!.....
Elle accueille en tout temps et le faible et le fort,
Et comme aux tendres fleurs, ornement d'un parterre,
Leur réserve en son sein à tous le même sort!.....
Regardez votre Roi, cher objet de tendresse:

S'il n'eût été bon père, où seraient ses enfants?
Et qui d'eux l'avouerait?..... Repoussant la tristesse,
A l'aspect de ses maux ils seraient triomphants.
Reconnaissez-les donc à leurs vives alarmes!
Leur amour pour leur Prince excite leur douleur.....
Sa dépouille mortelle a fait couler leurs larmes,
Quand, pleurant ses vertus, s'agrandit leur malheur!...
Pleurer qui nous est cher n'est pas une faiblesse!....
Ainsi donc, ces regrets, ces larmes, leur amour,
Tels sont pour ce grand Roi les fruits de sa sagesse,
Qu'en dépit de la mort mûrira chaque jour!.....

. . . .

Ainsi de ses vertus, des maux, de sa constance,
Ah! Louis, éprouvant les célestes effets,
Franchira chaque siècle, aidé de ses bienfaits,
Éternisant son existence!.....

. . . .

ENTRÉE

DE CHARLES X

A Paris.

Ses bienfaits; allégresse publique; vœux et réflexions pour le bonheur de la France.

Muse, changeant de ton, de ce fils de Henri
Laisse enfin reposer les dépouilles mortelles,
Et pour quelques instants son souvenir chéri.
Les peines d'ici-bas ne sont pas éternelles!.....
Que la plus douce aurore éclaire ton tableau!
Le veuvage est toujours interdit à la France.
Des plus vives couleurs enrichis ton pinceau;
Leur variété plaît à l'aimable Espérance.
Par elle Charles-Dix, de ses nobles aïeux,
A captivé les soins au séjour de la gloire.
Que ce Prince, déja reconnu dans les cieux,
Soit Roi par notre amour et digne de l'histoire!.....

. . . .

Entends-tu déja, Muse! et les coups menaçants
De l'airain enflammé, précurseur du carnage,

Et le bruit du clairon et mille cris perçants?
On dirait que la mort signale son passage!....
Va, ne t'alarme pas: ainsi nos vieux guerriers
Du temple de la gloire annoncent leur ivresse,
Pour Charle en ce moment agitent leurs lauriers,
Quand son peuple avec joie et l'entoure et le presse.
Ne me trompé-je pas?..... Qu'aperçois-tu de loin,
Muse? — « Ce sont, je crois, du peuple qui s'avance
«Les flots tumultueux!.... » Mais regarde avec soin
Ce groupe qu'au milieu l'amour suit et devance;
Au nombre des guerriers, au panache chéri,
A ce brillant cortége, à sa marche assurée,
Au son des instruments, comme à l'air favori,
Tel, dans sa capitale on vit le bon Henri,
Vainqueur à son entrée!.....

O saint enthousiasme! En ces transports, ces cris!
On croirait que, voulant partager son ivresse,
Tous les échos français réunis à Paris,
En redisent les vœux et les chants d'allégresse!
On croirait même encor qu'ils franchissent les airs
Pour répéter ces chants jusqu'aux voûtes célestes!
Ainsi, de ce bas monde au séjour des éclairs
Le Ciel connaît par eux nos présages funestes!
Mais la foule s'augmente, et déja par ses vœux

Bénit son nouveau Roi, signale son passage,
Sourit à l'espérance, est fertile en aveux!.....
La joie est dans les cœurs, et l'amour sans nuage!....
Mais le voici..... Regarde..... Ah! quel front radieux!
Il donne le premier l'élan à l'allégresse:
Et tel est un bon père, un envoyé des cieux;
Chacun de ses enfants et l'aborde et le presse......
Vois encore à sa suite, en leur triste appareil,
Ses augustes parents, par leurs malheurs célèbres.....
Vois ces chars signalant un éternel sommeil,
Ces coursiers à regret traînant ces chars funèbres!.....
Ils semblent chargés seuls du poids du souvenir,
Quand ce prince pour nous, à leur douce apparence,
Sait charmer le présent, sourit à l'avenir,
Et voilant le passé, découvre l'espérance!...
Laisons-le satisfaire à tout devoir pieux:
Le Roi des Rois attend ses vœux et sa prière.
Élu de notre amour, élu de ses aïeux,
Sur Charles l'Éternel répandra sa lumière!....
Vous, qui sur son chemin, du désir le plus cher,
Espérez le plaisir!..... Qu'il soit votre partage!....
Jouissez à l'envi!..... La joie est un passage!....
Le bonheur un éclair!....

A mon aveu discret pourras-tu croire, Muse?

A son noble abandon, à sa franche gaîté,
J'ai reconnu dans Charle, ou mon amour m'abuse,
Henri-Quatre et Louis, et surtout leur bonté!
A ce souvenir cher je m'émeus! je soupire!
Et l'espoir en mon cœur vient embellir ce jour;
Ah! réponds à ma voix, excite mon délire!
Consacrons-lui nos chants s'il est digne d'amour;
Mais quel signal bruyant! Quoi! de la métropole
Il sort déja rempli du Dieu de l'univers!...
De nouveau sur ses pas marche à l'instant, pars, vole,
Revois son front sacré, redis ses soins divers,
Perce la foule, arrive, à l'un et l'autre parle,
Interroge la joie ainsi que les désirs,
Et jusqu'en son palais ayant reconduit Charle,
Viens chanter nos plaisirs!

. . . .

. . . .

Qu'il est doux d'obéir à l'objet que l'on aime!
D'un ordre rigoureux naît souvent le bonheur.
Quand le tien, en ce jour, respirait l'amour même,
Ah! juge de mon zèle à revoir ton vainqueur!
Jouis à mon récit... ne mets plus en problème
Un triomphe du cœur!...

«Nous nous quittions à peine au sein de l'allégresse,
«Le ciel d'un front sévère annonçait son courroux,
«Et repoussant nos vœux, du peuple dans l'ivresse,
«Déja, t'en souvient-il? semblait être jaloux;
«Comme accuser aussi dans son indifférence
«Et son cœur et ses yeux par l'amour éblouis,
«De n'écouter que Charle ainsi que l'espérance,
«D'oublier en ce jour les vertus de Louis.
«Rien ne peut affaiblir mon heureuse assurance!
«Tout obstacle chez moi vient irriter l'espoir:
«Au milieu de la foule attirant mon courage,
«Et dans mon zèle ardent ou m'appelle un devoir,
«Je m'élance aussitôt, et m'y fraye un passage;
«Je traverse à mon gré ses flots impétueux,
«Le désir m'y devance et l'amour m'y protége;
«Toujours sourde aux clameurs, aux cris tumultueux,
«J'ai de Charles bientôt devancé le cortége.
«Ma surprise, à l'instant, a fait place au regret:
«Le croiras-tu toi-même, en ton ardeur cupide,
«Je l'aperçois soudain dans son zèle indiscret!...
«Charle affronte les vents malgré leur souffle humide;
«Mais, ainsi que son peuple embellissant ce jour,
«Aux transports de sa joie il fait briller la sienne,
«Dans son noble abandon rend amour pour amour,
«Dont la fidélité vient se rendre gardienne.

«Dirai-je à son passage et les soins du malheur
«Et les élans divers ; dans leur triste apparence
«La détresse au teint pâle et la sombre douleur?...
«Chacun d'eux l'attendait au jour de l'espérance!
«Mais Charles prévient tout, et son œil vigilant
«D'accord avec son cœur, à sa main bienfaisante
«Laisse l'honneur d'offrir un appui consolant.
«Pénétrant seul la foule où pour lui l'ardeur brille,
«Au milieu de ses flots je l'ai vu plusieurs fois!...
«Le plaisir l'y conduit : son peuple est sa famille,
«Sa garde est son amour quand son guide est sa voix!...
«Ainsi, sur son chemin jusqu'aux voûtes célestes,
«L'air retentit au loin de ses nombreux bienfaits.
«Du peuple pour son Roi, les cris, les vœux, les gestes,
«Ont des charmes puissants dans leurs plus doux effets!
«Sur son passage enfin, d'une foule ennivrée
«Charles reçoit ému les bénédictions,
«Quand la reconnaissance à l'amour consacrée,
«Laisse encore à l'espoir quelques illusions!...

....

Je t'arrête ici, Muse : à ton récit fidèle
Je reconnais en toi l'auguste vérité ;
Dans ce moment heureux je dois payer ton zèle
Par l'aveu le plus cher à ma sincérité :
Apprends-donc par ma bouche, en mon ardeur extrême,

Que jaloux de mon ordre il m'offrit mille appas.
Toujours on désire être avec l'objet qu'on aime!
Nous nous quittions à peine et j'ai suivi tes pas;
Jusqu'au palais de Charle, en son pòuvoir suprême,
Plein du bonheur de tous, quand tu ne me vois pas,
Je l'admire moi-même!

De l'amour le plus pur, ah! redis les transports,
Muse! soutiens ma voix, fais raisonner ma lyre;
Conduis-moi par degrés, secondant mes efforts,
Du plaisir au bonheur, de l'ivresse au délire;
Souris, chantre fidèle, à l'espoir de beaux jours,
De leur brillante aurore éloigne la contrainte;
Laisse les jeux, les ris agacer les amours,
Ainsi que les plaisirs ils repoussent la crainte.
De Charle, en tes accords, redisant les bienfaits,
N'en crois pas néanmoins la pompeuse apparence;
De sa justice attends de plus heureux effets
Et laisse à l'avenir la part de l'espérance!...
Tel dans un bois épais un rayon du soleil
Du passant égaré vient éclairer la route;
Le fidèle sujet, par un sage conseil,
De son Prince à loisir éclaircit plus d'un doute,
De son ame endormie excite le réveil.
Dédaignant à jamais la basse flatterie,

Redis ceux de ton cœur en ta sincérité:
Les offrir à ton Roi, c'est aimer ta patrie,
Quand le bonheur des deux naît de la vérité!...
A ma voix, ô ma Muse! et prélude et commence;
Respecte de ton Roi l'auguste majesté,
Et n'ayant pas besoin d'invoquer sa clémence,
Compte sur sa bonté!...

Censure. (1). Un monstre en son audace, au milieu des ténèbres,
Fait taire la raison et pâlir son flambeau,
Pour répandre l'effroi pousse des cris funèbres,
Lorsque des arts en pleurs il creuse le tombeau...
Peu m'importe son nom que le talent renie!
Ainsi qu'une autre Parque, aiguisant ses ciseaux,
Ce monstre veut couper les ailes au génie;
Mais Charles apparaît et calme tous les maux!...
Déjà Roi par nos vœux, pour éclairer le trône
Et raffermir le lis sur sa tige flétri,
Pour relever encor l'éclat d'une couronne
Qui brilla si long-temps sous les fils de Henri,
Charles-Dix satisfait sa justice première;
Et voulant avec soin chercher la vérité,
Ainsi que l'Éternel, de toute obscurité,
Il fait bientôt rejaillir la lumière!...

Champ-de-Mars. (2).

Redis toi-même ici, vétéran de l'honneur,
Les bienfaits de ton Roi! «Avec trente ans de gloire,
«Vingt blessures, lui dis-je, attestent ma valeur;
«A vingt combats au moins j'ai forcé la victoire,
«De mon sang je marquais et ma place et mon rang!...
«Mais rarement la gloire a fait d'heureux esclaves!...
«L'oubli le plus profond est le prix de mon sang,
«Lorsque l'honneur me dit... Tu fus l'un de nos braves!...
«A peine ai-je achevé, que, voyant sur son cœur
«Le signe de la gloire, il l'en ôte et le place
«Sur le mien!... De mon Roi je me crois le vainqueur,
«Peut-être même encor de son illustre race!...
«Mes yeux sont éblouis quand il est devant moi,
«Quand déja dans mon ame il peut trouver un temple;
«Et je m'écrie, enfin, dans le plus doux émoi:
«SAINT-LOUIS! vois ton fils que l'histoire contemple!...
«France! voilà ton Roi!...»

Invalides (3).

Suis Charle avec orgueil, en ses soins éclatants,
Dans ce temple fameux, où la gloire l'arrête,
Où la vieille valeur n'osa même en tout temps,
Hors de ses murs sacrés, penser à la retraite.
Le vois-tu déja, Muse! aux pieds des saints autels,
Appeler sur son peuple, en sa bonté suprême,
Du Souverain des Rois les regards paternels;

Soupirer son bonheur, comme étant le sien même!...
A peine a-t-il fini, qu'en ce lieu révéré,
Des restes précieux de plus de cent batailles
Et de combats sans nombre il se voit entouré;
Contemple ces témoins de vastes funérailles:
A leur front radieux, à leur noble fierté
Il ne s'étonne pas; admire en leur ivresse
Ces fils chéris de Mars..... et leur célébrité!.....
Par de nombreux bienfaits ranime leur vieillesse.
Mais, ô douce méprise! en son cœur attendri,
Remontant plus d'un siècle, à l'amour de ces braves
Il se croit au milieu des soldats de Henri!
Sa confiance alors ne connaît plus d'entraves!
Et dans sa douce erreur, en ce jour glorieux,
Où la valeur l'entoure, où partout l'amour brille,
Au sein de nos guerriers il se croit en famille
Chez l'un de ses aïeux!...

Hôtel-Dieu. (4). Annoblis-toi, ma Muse! et soutiens ton courage:
Suis pas à pas ton Roi visitant le malheur.
Dans cet asile saint, son plus digne apanage,
Par la pitié conduit, il calme la douleur!
Vois-le d'un seul regard consoler l'infortune,
Raffermir la vieillesse en ses pas chancelants,
Et, conjurant des maux la rigueur importune,

Les fléchir tour à tour par ses soins vigilants !
Promenant le sourire au sein de l'indigence,
Le plaisir suit son père et son auguste appui :
Qui le voit est charmé, riche de sa présence !
Et tel l'astre du jour, chaque fois qu'il a fui,
Le redemande encor, se plaint de son absence !
Entends ce cri funèbre et d'un cœur délirant :
Arrête..... mort ! dit-il, quand à peine il respire !....
Je te suis !..... Mais avant..... laisse mon œil mourant
Voir ce bon Roi..... C'est lui !..... se tait, sourit, expire !...
De raconter ces traits quelle bouche se lasse ?
D'avance ils sont la dot de la postérité !
Tout regard d'un bon Roi réfléchit une grace
De la Divinité !.....

Beaux-Arts. (5) O favoris des Cieux, fiers rivaux de l'histoire !
Premiers juges des Rois, qui, la balance en main,
Dans vos nobles élans consacrez leur mémoire !
Vous, arts consolateurs, dont le culte est divin !
Retracez-nous bientôt, au milieu de l'ivresse,
Ce jour si glorieux où, nouvel Apollon,
Charles en votre temple honora sa tendresse
Et ses bienfaits pour vous, vous servit de jalon :
Gérard, Vernet et Gros ! vous, Guérin, vous, Lethière,
Dont les doctes pinceaux et les noms sont déjà

Le butin de l'histoire et la rendent si fière!....
Prouvez-nous que la gloire avec vous s'engagea :
D'un passé douloureux si fertile en alarmes,
Consolez le présent; plus de noir souvenir!
Pour Charle on ne répand que les plus douces larmes!
Qu'il devienne par vous l'espoir de l'avenir!....
Et toi, Girodet, toi!.... mais, hélas! je m'abuse!....
Je crois quand tu n'es plus que tu ne peux mourir!...
Dans ma flatteuse erreur, ah! raconte, ma Muse,
Par quel injuste sort les arts l'ont vu périr!
« Sa belle ame au chagrin n'était pas aguerrie :
« Cet Apelle français, de son Prince oublié,
« Comme une tendre fleur par le soleil flétrie,
« Languit, succombe, à tort s'en croit disgracié :
« Nourrissant sa douleur il s'offre en sacrifice,
« Et meurt en se plaignant de l'oubli de son Roi !.... »
Charles en est instruit, Charles dans sa justice
Lui choisit pour écho le chantre de la Foi!.....
Oui, toi! Chateaubriant, à tout malheur propice!...
A la voix de ton Prince, au cri de l'amitié,
Tu voles déposer en sa demeure sombre,
L'insigne de l'honneur à la gloire allié,
Pour apaiser sa cendre et consoler son ombre!....
Ainsi, Prince! des arts illustre protecteur,
Tu les verras fleurir, et toi cher à l'histoire!

Du règne d'un bon Roi c'est le signe flatteur!
Louis-le-Grand leur dut son éclat, sa splendeur,
Et sans les arts eût acquis moins de gloire!.....

Charte. (6) Au nom de la patrie, en son pressant besoin,
CHARLES, écoute-moi! bénissant ce grand acte,
Doux fruit de la sagesse et de son premier soin,
La France en son malheur souscrivit à ce pacte;
Mais de son triste sort qui ne fut pas témoin?....
. . . .
Conserve les débris de cette arche immortelle!....
Quand ton Roi dans ses maux t'en rendit le gardien,
Tu lui juras ta foi..... qu'elle soit éternelle!
Tu n'en peux disposer, non, non, c'est notre bien!....
Redisant anathème à qui lui fait injure,
Qu'importe le coupable infidèle à sa foi?
Qu'à toute heure effrayés, tremblent devant la loi
Le crime et l'imposture!.....

Ah! du Dieu de bonté suivant la douce loi,
Religion. (7). Que la Religion soit l'appui de ton trône:
Elle fait le bon peuple, elle fait le bon Roi,
Et veut que l'un et l'autre et s'entr'aime et se prône.
Dans ton zèle pieux garde-toi cependant,
D'écouter en ses cris l'aveugle fanatisme,

Alors qu'au nom du Ciel il se montre imprudent :
Sa vertu trop farouche enfanta plus d'un schisme!.....
Qu'est ton Dieu?... tout amour!... Lui, dessèche la foi,
Alarme la tendresse, irrite l'indulgence!.....
Non, non, jamais sur nous il règnera par toi;
Nous avons de ton cœur cette heureuse assurance!
Suis ton plus doux penchant; que ton nom en tout lieu
Annonce la bonté! Charles!.... l'intolérance
Est une insulte à Dieu!.....

Les Partis. (8).

Les partis, quels qu'ils soient, naissent de l'injustice;
Celui de la raison en défendant ses droits,
De l'injustice même est ou devient complice,
Lorsque dans son ardeur il emprunte sa voix.
Elle enfante en son cours bien souvent des orages;
Affligeant la raison, les vertus tour à tour,
Elle attire les maux, révolte tous les âges,
Losque pour la confondre il suffit d'un beau jour.
De ce jour, ô mon Roi! tu fais briller l'aurore.
Qui ne voit par tes soins se réveiller l'amour,
Où la discorde, hélas! s'agite et règne encore!....
D'un prodige si grand le Français est ravi!
Quel triomphe pour toi!... L'on t'aperçoit... Tu parles!...
De partis n'ayons plus, on s'écrie à l'envi,
Que le parti de Charles!....

La Paix. (9). Laisse en paix, ô mon Roi! reposer nos guerriers :
Riches de leur courage, ils le sont plus de gloire,
Et sauront en tout temps moissonner des lauriers
Et faire encor fleurir les champs de la victoire;
Mais, sujette ainsi qu'eux aux caprices du sort,
La guerre a ses douceurs, ses revers, ses alarmes!....
La victoire souvent n'enrichit que la mort,
Et ne laisse aux vainqueurs pour butin.... que des larmes!
Sois toujours juste et grand avec tes alliés,
Tu seras toujours fort : dédaigne l'artifice
Et la ruse par eux trop souvent employés;
Sûrs de notre valeur, ils craindront ta justice.
Si, par ambition, dans leur aveuglement,
Ils violaient nos droits, soutiens de ta puissance,
A la voix de l'honneur montre un saint dévouement;
Ne crains pas d'attaquer le mal à sa naissance;
Frappe les premiers coups, qu'ils soient dignes d'un Roi!.
Tel sut le bon Henri laver plus d'une injure!
Mais compte sur nos bras quand nos cœurs sont à toi,
Pour venger ton outrage et punir le parjure.
L'Espagne, en ce moment, redit notre valeur;
Admire ce guerrier déja cher à l'histoire,
Comme un héros, un sage, un pacificateur,
Et nommer D'ANGOULÊME est nommer la victoire!.....
Que son nom, digne objet de notre espoir flatteur,

Soit un jour l'ornement du temple de mémoire!....

. . . .

Souris, ô douce Paix! et surtout au malheur:
Ne t'inquiète plus et repose en ton temple,
Il restera fermé même pour la valeur!
A nos fiers alliés, Charles donnant l'exemple,
A son peuple, à son Roi sourira le bonheur,
Et long-temps nous verrons sous son règne prospère,
La science en honneur et les arts triomphants!
Oui, Charles! un bon Prince est toujours un bon père,
Avare aussi du sang de ses enfants......

LesFlatteurs. (10.) Alarmés de mes chants et de leur noble audace,
Déja plus d'un flatteur de la terre et des cieux
Invoque le courroux contre ma triste race;
Prince! crains de l'erreur le zèle officieux;
A sa voix trop souvent on frappa l'innocence!....
De ma Muse connais les plus fiers ennemis:
Sur ton sujet fidèle éprouvant l'espérance,
Jette un œil protecteur..... ils seront ses amis!....
Mesurant leur amour au poids de la richesse,
Redoute les flatteurs : qui flatte sait ramper
Pour fléchir la fortune, élever sa bassesse :
Qui rampe sait tromper!....

Abjure pour un temps mes conseils, ô ma Muse!
De la raison l'ennui fait pâlir le flambeau.
Prends garde qu'en ce jour notre zèle s'abuse;
Les conseils quelquefois, sont un pesant fardeau!....
Achève, et notre amour, par un effort nouveau,
Nous servira d'excuse!...

Charles, de tes bienfaits suis le cours glorieux.
Mais dispense en bon père, éloignant la faiblesse,
Tous les biens de ta dot, si chère à tes aïeux,
Et que chacun de nous ait droit à leur richesse.
Associe à ta gloire, à tes heureux travaux,
Le fils de ton amour; le poids du diadème
Te deviendra léger, aidé par un héros,
Et régner par son fils, c'est gouverner soi-même!....
D'une illustre Princesse, en son zèle fervent,
Appelle aussi sur nous l'influence pieuse;
Aux grands cœurs, tu le sais, le Ciel parle souvent
Et soulage en ses maux la vertu glorieuse!
O fille du malheur! en son respect profond,
Qui ne te nomme encor mère de l'indigence!.....
. . . .
Prince! un Roi, tel un père, en moyens est fécond,
Et fait même à propos taire son indulgence.

Dans ton amour pour nous, tiens avec tes enfants
De ta main de justice une juste balance,
Tu les rendras heureux et leurs cœurs triomphants!...
Ainsi, tu réduiras les partis au silence!.....
Ainsi Titus à Rome et tes nobles aïeux
Acquirent par degrés la véritable gloire!....
Déja sur son chemin ne crains rien, fais comme eux,
Et comme eux, par avance, assure ta mémoire;
Nos enfants la verront l'orgueil de tes neveux.
Du cours de tes bienfaits fatigue enfin l'histoire!....

. . . .

Il est doux d'obéir où règne la bonté!....
D'une aurore brillante accueillant l'apparence,
Nous aurons de beaux jours..... toi!... l'immortalité!...
Réalise à jamais les vœux de l'Espérance,
Lorsque dans son amour par le tien rallumé,
En sa reconnaissance à son Roi dévolue,
CHARLES! avec respect la France te salue
Du nom de BIEN-AIMÉ!.....

Muse! suspends tes chants, c'est assez d'allégresse!
Dans le calme, en silence, à l'exemple des dieux,
Aux vertus de ton Roi mesure ta tendresse;
Juge s'il est toujours digne de ses aïeux.
Dans sa légèreté, né jaloux de sa foi,

Le Français sait mourir en combattant pour elle,
Et sujet fier d'un Prince, esclave de la loi,
Il veut qu'à sa justice il soit toujours fidèle.
O Muse! suis ton Prince, éprouve sa bonté,
Interroge son cœur, même au sein du mystère,
Ne lui voile jamais l'auguste vérité:
Avertir, c'est aimer, et trahir, de se taire!....
Souriant à l'espoir, au bonheur tour à tour,
Va, vole aux pieds de Charle, où tout orgueil expire,
Offrir avec tes chants et ton zèle, en ce jour,
Les vœux et les conseils qu'en ton noble délire
Te dicta mon amour!......

NOTES.

1° Ordonnance du 29 septembre 1824, qui supprime *la Censure*.

2° 5 octobre, revue du Roi, au Champ-de-Mars : il donne la Croix à un vieux grenadier qui lui en fait la demande.

3° 19 dudit, le Roi visite les Invalides.

4° 6 novembre, *idem* l'Hôtel-Dieu.

5° 14 janvier 1825, il distribue, au Louvre, des récompenses aux artistes.

6° Sur la conservation de la Charte.

7° Sur la Religion.

8° Sur l'esprit de parti.

9° Sur la Paix.

10° Sur les Flatteurs.

www.ingramcontent.com/pod-product-compliance
Ingram Content Group UK Ltd.
Pitfield, Milton Keynes, MK11 3LW, UK
UKHW020417220726
13923UKWH00005B/2010

9 782019 281656

www.ingramcontent.com/pod-product-compliance
Ingram Content Group UK Ltd.
Pitfield, Milton Keynes, MK11 3LW, UK
UKHW020417220726
13923UKWH00005B/2009

9 782019 267148